KB071007

청어詩人選 313

삶,
꽃으로
피다

신열처럼 다가오는

일상의 아픔들이

바람에 스쳐지면

심지 곧은 대궁으로

동여맨

푸른 잎 위에

눈을 뜨는 꽃이어라

서정 김인자의
첫 시조집

청어

삶,
꽃으로
피다

시인의 말

한차례 가을비가 다녀가고 밤거리는 촉촉이 젖어 고즈넉함을 느끼는 풍경을 창가에서 마주하며 지난 십육 년을 게으른 시인으로…. 지금 남아 있습니다.

사진 찍기를 시작하면서 만난 지인들과 오십 대 초반, 우연히 시작한 시조는 삶의 활력소이며 다른 길이었습니다.

여러 지역을 근무하다가 아산시에 발령받은 지 얼마 되지 않아 시조문학에 신인으로 활동하면서 '아산시짚풀문화제'에 한 공간을 빌려 자비로 몇 분의 지인들과 '시조문학의 밤'을 시조 낭송대회와 사진 전시를 하면서, 다음 해는 시에서 보조금 신청을 해 시조문학의 밤, 시조 백일장, 청소년 문학캠프, 시화전, 시조낭송, 맹사성 시조 백일장 등을 이어 나갔습니다.

그때의 그 열정은 밤을 새워 시화전 원고를 정리하고 소책자, 팸플릿을 기획하고 전시와 진행을 뛰어다니면서 했던 기억이 나며 버스를 전세해서 서울지역에서 문인들이 내려오시기도 했지요. 직장 일과 겹쳐 힘들게 중단하였던 생각이 납니다.

어느 순간 갑자기 멈추어 뒤돌아보면 하루하루 바쁘게 살아감을 느끼며 스스로 반문해 봅니다. 절제하지 못함을 탓하면서도…
나의 버킷리스트는 포기할 수 없는, 나이가 들어, 그때 무언가 하는 나를 생각합니다.

인생이 바람처럼 지나가면서 나에게 말합니다.
어떠했냐고?
참으로 사랑과 꿈이 있었고, 가난함이, 따스함이, 고통이, 괴로움이, 기쁨이, 희망이 있었고, 부러움이, 행복이, 슬픔이, 웃음이, 열정이, 불행이, 좌절이… 이 모든 것을 다 맛보았다고 말합니다.
힘들고 어려웠지만 그래도 잘 살아왔고, 감사와 행복만이 곁에 있길 바라면서.

내가 하는 일에 늘 옆에서 용기를 주던 남편과 이 시조 집을 함께 하고 싶습니다.

2021. October 서정 김인자

삶, 꽃으로 피다

제2부 새벽이 오면

제3부 비 오는 밤 풍경

제4부 텅 빈 시간들

제5부　길목에 서서

제1부

뜨락에 서서

날던 밀잠자리
파르르 꽃대 위에
잠투정 시름 녹여
장식 없는 눈길 주면
슬며시
외로움 하나
걸어본다 마음에

그 바다에 가면

가슴을 비우고
고요한 바다를 보자

어머니 마음만큼
넓고 푸른 바다는

해조음
숨결 머금은
지난 세월 흔적들!

내 삶이 나약해지면
바다를 걸어 보자

그 많던 욕망을
버리고 또 비우면

가슴에
벅찬 소망이
소리 없이 피리라!

옥정호수

버선발 곱게 딛고

일렁이는 바람 따라

은은히 풀어내는

운무의 춤사위는

한 자락

잃어버렸던

다가서는 나의 꿈

기차가 만든 풍경

하늘과 꽃잎들이

차창밖에 매달리고

내 어릴 적 알 것 같은

풀잎도 눕고 일어서

누군가

부르는 소리

찰랑대는 청보리

고성

빛바랜 돌마다
저물어 가는 옛 꿈
한없는 설움 뒤로
무딘 가슴 잠들고
먼 산의
목마른 나무
잎새마다 저무네

깊디깊은 세월지나
이끼들의 고단함
수없이 사라지고
또 다른 시간들이
저곳에
침묵하는 자
서성이는 아픔들

−홍성 홍주성에 서서
  시조문학 제15호

여정

수십 년 세월지고

길 없는 길 세우며

가파른 돌계단에

무수한 세상일들

이제야

끝나는 시간

기억 속에 미소들

-2019년 퇴직을 준비하면서

물안개

푸른 숲 긴 그림자
풍경소리 재우고
흐트러진 허공은
찬 공기를 삼키며
도도한
아침 햇살도
눈을 감고 누웠네

산자락 휩쓸고
가는 바람 세우고
침묵 깔린 물소리
서성이던 속마음
고요함
선에 잠기고
펼쳐지는 그리움

−시조문학 특별초대시조 제15호

낚시터 소경

수면에 몸을 떠는
파장의 넓이만큼
밤새워 찌를 내려
하루를 셈해본다
속마음
가릴 길 없어
찌든 삶만 건진다

해 잠긴 깊은 침묵
가름 못 할 깊이인데
한줄기 별똥별이
희망의 불 밝히면
물비늘
반짝임 속에
낚아내는 고운 꿈

−2004년 시조문학 신인상 등단작

덕유산 설경

겹겹이 산을 넘어
눈보라 몰아치고
향적봉 쌓여가는
긴 겨울 사연 뒤로
말 없는
저 구상나무
속사정만 쌓인다

주목의 푸른빛과
눈꽃의 웃음소리
녹아든 삭풍 앞에
안식을 꿈꾸는가?
솜이불
곱게 단장한
쑥대머리 겨울 산

−덕유산 설경을 렌즈에 담으며

오월의 바다

물거품 하얗게 문

다가온 초록 바다

조각난 상념의 길

닻줄을 풀어놓고

파도 속

무인도까지

절여내는 환호여!

봄이 오는 소리

산자락 고이 여문
잔설 누운 오솔길
어둠의 하늘 살 비벼
하얀 눈발 감싸고
설익은
봄의 춤사위
가지마다 깨우네

줄줄이 먹이 찾아
물새 떼는 모이고
풀어진 시냇물에
목마름 적시면서
눈망울
수면에 놓아
흘러가는 봄 보네

−동화리에서

봄비

두고 간 님 그리워
먼 길을 오시는가

가만히 귀 기울면
들리는 봄의 소리

또르륵
님의 목소리
뒤척이는 새벽잠

영혼의 아픈 속을
어루만져 다독이는

그대의 입맞춤은
초록빛 봄의 전령

움트는
대지의 숨결
달려오는 봄소식

편지

높아진 가을 하늘
남기고 간 새털구름
소리 없이 스며들던
들국화 향기 속에
세상은
아우성친다
마음 담은 글 쓰려

해맑은 허공 한 자락
붙잡은 까닭들과
말하지 못한 그리움
비우고 비우지만
아쉬운
여백 그 자리
올리려는 나의 글

뜨락에 서서

아직도 끝나지 않는
시간의 길목에서
가을문 두드리는
열 손가락 마디마디
손톱 끝
봉숭아 꽃물
남아있는 그림자

날던 밀잠자리
파르르 꽃대 위에
잠투정 시름 녹여
장식 없는 눈길 주면
슬며시
외로움 하나
걸어본다 마음에

봉곡사 가는 길

비 젖은 수행의 길

솔향만 가득한데

퇴적된 심연으로

감싸 안은 세월은

수백 년

찬란한 시간

비우라네 오욕칠정

−아산시 봉곡사에서

제2부

새벽이 오면

꽃샘바람 시새움에
깊은 땅속 어둠은
쉬지 않고 꽃이 되려
잎 맞추는 소리
순종의
용틀임으로
깨어나는 봄의 창

밤바다

지나온 발자취를

출렁이는 파도처럼

어둠 속 귀 기울여

담아내는 바다 내음

밤새워

헹구는 사연

알 것 같은 시린 맘

가을, 그리고 소우주

바람이 졸고 있는
여닫이 창문가에

잔걸음 오후 햇살
자락을 여미는데

기억의
한 장을 열면
매달리는 그리움

푸르름 한 줌까지
바람을 물들이고

연서로 물든 가슴
노을 속 스며들면

가을은
작은 우주 된
아쉬움을 묻는다

겨울 밤바람

밤하늘 불 밝히며
뭇별들 스쳐 울고
세월만 숨 가쁘게
길 찾아 흐르는데

싸늘한
겨울 밤바람
흔적들만 남긴다

지나온 자국마다
번지는 그리움에
스무나무 가지 끝
계절은 매달리고

다가온
이별의 순간
눈물 짓는 아쉬움

발 시린 계곡물에
흘러가는 이야기들
작은 소망 꿈꾸며
불려온 봄 향기에

어둠 속
겨울 밤바람
먼 길 떠나 날개 접네

인생

앙상한 가지 끝에
매달리는 나뭇잎

고단한 몸을 던져
계류에 동행하네

인생도
나뭇잎 되어
흐느끼며 흐르네

새벽이 오면

어둠 속 삶 한 조각
달님이 보고 있네

알 수 없는 마음속
그림자 다가와도

오늘도
희망의 하루
노래하며 걷는다

도시의 민들레

잡초라는 이름으로
시멘트길 사이사이

고단한 영혼으로
시린 몸 이겨내며

가로등
희미한 불빛
지켜주는 섬 하나

연밥

살 깊은 인연으로
보듬어 감싸 안고

모서리 마디마디
풀어서 잎 향 맡고

살며시
베어 문 연밥
부처님의 숨소리

연꽃은 아름다운
보살의 공덕 쌓아

중생의 어리석음
자비 놓아 깨우치고

가슴에
깊은 혼 담아
삼천 년의 미소를

−아산시 해원사에서

빛을 향해
-순교자를 기리며

고요가 부르는 빈 하늘가

새털구름 한 장에 이 땅의 서러움 건져 올려
먼 울음소리 잠재운다

이제 오롯이 이름 모를 한 송이 꽃이 되어
가녀린 손길로 깊은 밤 헤매며
흐르지 않고 존재하지 않는 강물이 되어
넘실대며 올라간다

핏빛 같은 꽃의 눈물은
오직 거두어 줄 한 분을 기다리며
해마다 부활하는 야생화

창백한 눈망울에 눈물 같은 이슬을 달고
저 어둠 속 빛을 향해

걸어간다
걸어간다
걸어간다…

−성거산 성지 순교자를 위한 야생화 축제에서 낭송 시

복사꽃

수줍은 새색시 볼

몸짓마다 춘정이다

붉디붉은 꽃단장에

짧았던 사랑으로

콩 콩 콩

가슴띤 신방

달콤했다고 말하네

기억 저편

해묵은 이끼들이
둥지 튼 돌담 사이

초가집 무성한 잡초
지그시 밟고서며

사립문
빗장을 열고
댓돌 위에 내린 달빛

수백 년 시간을
흔드는 고고함과

저 낡은 창호지에
묻어있는 그리움들

아궁이
군불 지피던
기억으로 찾아오는

−아산 외암마을에서

21세기를 여는 시인들
－김인자 시인 편

〈시작 노트〉

오늘도 봉곡사 가는 길을 천천히 걸어 본다
시간의 갈증을 느끼며
나의 일과 중 늘 그래 듯이 버릇처럼 점심시간을 기다리
고….

한 시간의 한정된 시간에 느낄 수 있는 많은 생각을
훌훌 털어 버리고….
텅 빈 뇌를 가지고 나는 늘 습관적으로 그 길을 걷는다

편안한 길
영혼이 맑아 오는 길
솔잎 향기가 실바람에 날리면서
그 숲은 사랑하기 시작한다

텅 빈 뇌 속에 삶의 신선한 수액이 흘러들어오면서
나는 이제야 숨을 쉬기를 반복한다
그 길을 나는 시조와 함께할 것이다
늘 조금씩 배우고 채우기를 솔숲을 걸으면서

시조의 눈을 볼 것이다.
언젠가는….

−시조문학 2007 봄호 162 통권에

봄의 부활

살얼음 비켜 앉은
한낮의 햇살 받아
긴 겨울 떨쳐내는
개구리의 하품 속
서둘러
치켜든 생명
흥얼흥얼 봄소식

귀 내린 시련으로
선잠 깬 망울들이
하나둘 매듭 풀면
봄인가 하였을까?
아직은
깊은 잠에서
부지런히 재촉하네

꽃샘바람 시새움에
깊은 땅속 어둠은
쉬지 않고 꽃이 되려
잎 맞추는 소리
순종의
용틀임으로
깨어나는 봄의 창

절규
−암 환자와 가족

새벽을 가로질러
참깨밭을 일구더니
하루아침 삶을 깨문
덩어리 암이라네
눈물로
죽음의 고통
울부짖던 그 여인

주사기 하나 가득
아픔을 토해내고
치료도 할 수 없는
파괴된 절망만이
혈관 속
넘나드는 암
나비 꿈을 삭이고

서럽게 울어 보챈
어린아이 눈망울에
기적의 불씨 불러
엄마를 살리려는
한 맺힌
영혼의 절규
서성인다 이 아침

−말기 암 환자를 방문하면서

노을 1

바람결 찾아와서

빛으로 머물다가

떠나간 그 자리에

남겨진 고운 자태

환희로

물들인 자국

여름날은 불타네

제3부

비 오는 밤 풍경

무심한 몸짓 하나
깨우는 푸른 새벽
결빙의 음계를 타고
낮익은 영혼끼리
정갈한
아침을 여는
아름다운 은빛 눈

설악산 겨울 이야기

시간의 문 열고서
어둠을 밟고 선 설악동
윙윙대는 겨울 산야
하얀 그대 눈을 감고
나목에
호젓이 앉아
삶이 마디 여미고

무심한 몸짓 하나
깨우는 푸른 새벽
결빙의 음계를 타고
낯익은 영혼끼리
정갈한
아침을 여는
아름다운 은빛 눈

어제의 아프고
어둡던 숱한 기억
무수히 묻혀있는
들꽃들의 뿌리마다
순연의

선연한 향기
감싸 안은 세월들

–밤새 달려 설악동의 설경을 렌즈에 담으면서
 시조춘추 2010 상반기에 싣다

삶의 뒤안길

강줄기 끝자락에
지친 세월 흔적은
알몸으로 흐르는
먼 생의 울음소리

밤마다
저 홀로 깨어
지난날을 고한다

다시는 올 수 없는
삶이란 이름으로
쉼 없이 다투며
다가선 일상의 물결

날마다
숱한 꿈들이
사라지는 쓴 강물

가슴에 어둠 하나
펄럭이며 달린다
고별을 남기고 간
계절은 길을 잃고

인생은
연습 없는 삶
단 한 번의 여행길

불씨 3

한세상 산다는 것
인내의 등불 피워

정갈히 눈을 뜨는
삶이란 이름으로

날마다
세연(世緣)의 끈을
비워내는 초연함

−어느 중풍환자의 삶에 대하여
−제1회 한국시조문학 대상작

〈수상 소감〉

　살아가는 동안 수많은 일을 겪으면서 오늘의 시간을 보 냅니다.
　늘 몸과 마음이 아픈 사람들과 동행 하면서 많은 것을 보 고 느끼며 가슴에 담아 두고 관조하는 글을 쓰고 싶습니다.
　어느 한 시점에서 삶을 덜어내는 느긋함을 침묵의 눈으 로 나의 미래를 보는 연습을 해 봅니다.
　이제, 창밖에 차가운 바람이 깊은 겨울을 재촉하네요.
　부족한 글을 올려 주신 여러 심사위원님께 감사드리며
　앞으로 더 좋은 글로 보답하겠습니다.

제비꽃

연보라 꽃잎들이
하얀 웃음으로

봄기운 가득 안고
수줍게 다가오면

빛바랜
먼 고향 들판
바람결에 서 있네

-동화리에서

낙엽

흩어진 가을바람

애절한 울음소리

갈잎은 외면한 채

산마루 품에 안고

바스락

몸을 삭히며

세월 따라 가는 길

비 오는 밤 풍경

후드득 빗방울에
도도한 눈빛들이
하나둘 일어서서
이 밤을 물들이고
오호라
목마른 나무
긴긴 숨을 토한다

한동안 일렁이던
속살 없는 갈대는
바람 따라 한걸음
소리 없이 가는데
먹먹한
세찬 빗소리
허망하게 서럽네

홀로 서서

헛헛한 맘 문을 열고

돌아본 발자취들

벗 하나 없는 들녘

혼자 남은 허수아비

슬거운

웃음 지으며

토해내는 긴한 숨

가버린 시간들

바람결에 찾아와

꿈처럼 머물다가

떠나간 그 자리에

남아있는 아쉬움

붉은빛

물 들은 꿈은

묻어야 할 기억들

떠나는 사람들과

떠나야 할 인연들

나비 꿈을 삭이고

기댄 세월 그리며

오늘도

알고 있으리

말 못 하는 그 아픔

불씨 7

모른다 모르겠다
생각없네 기억없네
불씨 묻은 재처럼
가물가물 숨 고르니
사라진
허망한 기억
시간여행 떠나네

뒤척인 세월만큼
열정을 앞세우고
젊은 시간 불태우며
감싸 안은 아버지
지금은
병실 한켠에
사그러진 불씨여

한올한올 돌아보니
처연한 안타까움
창밖의 붉은 노을
마주한 옅은 미소
오늘도

힘없는 손짓
어이가라 가거라

–요양병원에서(2017. 5. 28)

여명(黎明) 1

푸른 하늘 밤새워

가슴으로 내린 별빛

한시도 쉬지 않고

바닷길 걷는 파도

찬란한

새날을 위해

기다림의 시간들

여명(黎明) 2

바람은 금빛 하늘

한 자락 부려놓고

바다는 해저에서

묵묵히 혼길 열어

붉은 해

만삭의 기쁨

마주 앉아 기도하네

흔적

긴 강의 물살들은
하늘을 부르고
검은 하늘 떨어져
장대비 지나가면
이곳은
가슴 쓰라린
현실만이 남았네

어찌하랴 하늘은
멈추지 않는다네
누구의 울음이며
누구의 눈물인가
부서진
삶의 터전을
온몸으로 감싸고

어둠을 밟고서는
한여름 끝자락에
희뿌연 회색 노을
어제의
아픈 상처들
잊어야지 오늘은

−긴 장마가 스치고 간 후에

오후 풍경

바람이 졸고 있는

여닫이 창문가에

잔걸음 오후 햇살

자락을 여미는데

한 장의

기억을 열며

매달리는 그리움

−한국시조문학 제18호

코스모스 군무

바람결은 허공에다
속살처럼 물들이고

너와 나 부딪끼며
속삭이는 시간들

눈부신
하늘 여백에
그려지는 수채화

풀꽃 같은 향기에
계절은 짙어가고

회한의 끝자락을
맴돌며 오가는 길

고개 든
꽃잎 군무들
넘실대며 부른다

솔숲에서

산그늘 마주하며

스쳐 간 산들바람

싱그러운 솔향 따라

그리운 사람 사람

나목에

호젓이 앉아

삶의 마디 여미고

제4부

텅 빈 시간들

죽음으로 순종하며
서성인 가시밭길

이승의
아픈 그 자리
피고 지는 야생화

여명(黎明) 3

터질 듯 가슴을 열고

날개를 펼치는

물새들의 큰 몸짓

힘차게 비상하면

푸드득

자연의 불길

솟아오른 새 생명

찔레꽃 1

순박한 시골 처녀

하얀 얼굴 수줍어

아련한 첫사랑

물안개 부르면

열일곱

소녀의 입술

바람 따라 흐르네

순교자의 노래
–이름 모를 무명 순교자의 노래

아직도 응어리진
영혼들 마음 문 열고
성거산 우듬지에
봄으로 피어나면
말갛게
지켜온 절개
사랑으로 남으리

옛 님의 추억 속에
아슴한 꽃비 내려
순교의 진한 향기
침잠으로 묻혀 낼 때
하얗게
불을 지피는
저 간절한 눈빛들

–성거산 성지에서

찔레꽃 3
-성지의 노래

불러도 대답 없는
차디찬 비석 속에

죽음으로 순종하며
서성인 가시밭길

이승의
아픈 그 자리
피고 지는 야생화

-미리네 성지 다녀오다

계절은 기다리지 않고

시린 눈 다가와서
하얗게 앞다투며

부서진 억새풀 위
드러낸 허연 속살

허기진
눈발의 걸음
재촉하는 시간아

찔레꽃 2

저 혼자 가만 가만
진한 세월 보내며

아스름한 꽃비가
하얗게 피어난 길

작은 삶
인고(忍苦)의 세월
눈빛마다 옛 추억

비 오는 날의 숲

물오른 가지마다
고개를 치켜든 채

가뭄의 내린 단비
맞이하는 빗소리

초록빛
청아한 숨결
풀어놓은 숲의 향연

텃밭

메마른 땅 비 소식
윤기 나는 채소들

문신처럼 커져간
내 유년의 기억들

다소곳
알 듯 모를 듯
작은 미소 달렸네

해빙기(解氷期)

거칠 것 하나 없는
미세한 몸짓들이

끝내는 소리치며
시간을 넘는 눈길

갈맷빛
겹쳐 오르는
해동하는 그리움

나목의 가지마다
잔잔한 흔들림은

겨우내 침묵하던
세포의 거친 숨결

툭 터진
살갗을 부벼
그려내는 봄 잔치

산 노을

산자락 저녁노을
머물다 간 자리에

따르던 산 그림자
어둠이 내려지면

작은 새
날개 접고서
노을 물에 적신다

외암리 고택(古宅)

해묵은 이끼들이
둥지 튼 돌담 사이

초가집 무성한 잡초
세월을 밟고 서며

사립문
빗장을 열고
댓돌 위에 선 달빛

어둠은 시공을 넘어
덩그러니 남은 고목

맥을 이은 연엽주
그윽한 향 기대며

연(蓮)과 연
살포시 겹쳐
굼실대는 옛 기억

−아산시 외암마을에서

삶, 꽃으로 피다

가슴에 노을 한 자락

길게 누운 삶의 무늬

아스라한 기억들

들길에 부려놓고

구릿빛

그리움으로

일렁이는 아련함

신열처럼 다가오는

일상의 아픔들이

바람에 스쳐지면

심지 곧은 대궁으로

동여맨

푸른 잎 위에

눈을 뜨는 꽃이어라

서정원

너른 뜨락 봄볕은

푸른 잎 포릇하고

바빠진 봄바람에

간절한 꽃망울들

향기에

지나가는 구름

잠시 마음 설레네

-병천 도원리 농막에서

텅 빈 시간들
−세월호 아픔을 새기며

오지 못한 꽃잎은

14년 봄의 아픔들

가슴 한 켠 베인 듯

아리고 슬픈 상처

못다 한

이생 어쩌나

잊지 못할 이름아

제5부

길목에 서서

돌아보니 잊고 산
한해의 끝자락에

바람결 묻어오는
만 갈래 아득한 꿈

못다 한
아쉬운 후회
그 길 위에 서 있네

엄마의 바다
−팽목항

얼마나 불렀을까
대답 없는 바닷속

아이들이 엄마를
목놓아 불렀겠지

그 바다
생생한 목소리
돌아오고 싶으라

가슴에 묻어두긴
크나큰 슬픈 상처

아이들의 절규를
바다 향한 기도를

끝내는
죽음을 안고
떠나가는 팽목항

–세월호 아픔을 새기며

53도의 힐링

그것은 바다였지

긴 세월 토해내도

여전히 굳은 절개

그 속을 알 수 없네

삼만 년

시간 속에서

찾아내는 아픔들

−53도: 수안보 온천수 온도
−제1회 수안보 온천 시조문학상 본상

〈수상 소감〉

　창밖의 물 오른 복사꽃이 환한 미소로 다가오면 아, 그
나무 밑 키 작은 민들레도 노오란 색으로 수채화를 그립
니다.
　모든 만물에 감사했습니다.
　부족한 글에 상을 더해 주시니 심사위원 여러분들께 감
사드리며, 앞으로 글을 쓰면서 한국시조문학진흥회의 수
안보 온천 시조 문예 축제 행사를 기억할 것이며…

　스스로 봄 길이 되어 걸어가고 싶습니다.

삶의 불씨

젊은 시절 갈증은
빈 들로 사라지고
스르르 감빛 사랑
아시나요 어머니
어느 뉘
부르는 소리
다가서는 얼굴들

가슴속 붉은 등불
꺼져가는 병상 위
마비된 오른팔은
깊은 잠에 잠기고
차갑게
떨리는 손에
삶의 숨결 불씨여

−병상에서 중풍으로 마비된 어머니를 보면서

갈대 숲

달빛도 흔들리며

신열하는 바람은

서럽게 밀려오는

갈대의 울음소리

누군가

긴 기다림에

적셔주는 갈맷빛

세월 3

덧없는 시간들을

거슬러 생각하면

무심하던 가슴에

발끝으로 서는 하늘

저무는

세월의 눈빛

저녁노을 닮았네

바다 이야기

그리움 무리져 온

고운 노을 속에서

못다 한 이야기들

전설처럼 묻고서

오늘도

눈시울 붉혀

물들이는 저 바다

가을 1

한 폭의 그림 속에
정갈한 바람 소리

황홀한 가을 햇살
한 잎의 낙엽 되어

저무는
세월 끝에서
세상 이치 깨닫네

세월 1

소소한 일상들이

참으로 소중한 걸

빛 좋은 가을 문턱

이제야 알았었네

걸어둔

시간 속에서

감아오는 지난날

길목에 서서

돌아보니 잊고 산
한해의 끝자락에

바람결 묻어오는
만 갈래 아득한 꿈

못다 한
아쉬운 후회
그 길 위에 서 있네

덧없는 시간들이
거슬러서 흐르고

무심하던 가슴에
발끝으로 서는 하늘

저무는
세월의 눈빛
일어나게 하리라

–퇴직을 앞두고

세월 2

길 아닌 길을 찾아

사방을 헤매이며

가을비 추적 추적

낙엽은 아름차다

작은 삶

인고의 시간

바람 따라 가란다

해맞이

목마른 먼 산 나무

정 하나 물리우고

깊디깊은 밤 지나

잎새마다 풍경 소리

너와 나

해맞이 가서

품어오는 희망들

소소한 일들

난간에 아슬 아슬

매달린 고드름

시린 고통 참다가

뚝. 뚝. 뚝 떨어진다

인생의

눈언저리에

야무지게 앉는다

농막에서

풀벌레 우는 소리

신열처럼 스치면

애잖은 내 숨결에

다가오는 눈길들

바람에

하얀 갈꽃이

일렁이는 나의 숲

노모 3

구릿빛 저문 하늘
들길에 부려놓고

하염없이 흔들린
여윈 가슴 속에는

한평생
연기가 되어
애태우는 숨소리

붉은 노을 한 자락
길게 누운 저 산은

아흔넷 긴 세월을
능선 따라 걸어가며

오로지
자식들 위해
희생만을 품었네

꽃으로 승화된 삶,
자아실현의 詩미학

서정 김인자의 시조집 『삶, 꽃으로 피다』에
표출된 시의 세계

이정자(문학박사, 평론가, 시인)

꽃으로 승화된 삶, 자아실현의 詩미학

―서정 김인자의 시조집 『삶, 꽃으로 피다』에 표출된 시의 세계

이정자(문학박사, 평론가, 시인)

　서정 김인자 시인은 천직(天職)으로 '몸과 마음이 아픈 사람들과 동행하면서 살아온 보건진료소장직'에서 정년퇴임했다. 애초에 정년퇴임 기념으로 시조집을 출간하려 했는데 예기치 않게 이렇게 미뤄졌다. 그 이유는 컴퓨터에 저장해 둔 작품이 사라졌기 때문이다. 필자 또한 그런 경험이 있기에 마음이 아팠다. 아무리 내가 쓴 작품이라도 사라지면 복구하기가 어렵다. 곧 다시 그 감정으로 되돌아가 그대로 쓸 수도 없고, 그것을 다 기억할 수도 없다. 얼마간 멍하니 앉아 있은 적이 있다.

　그래서 김 시인은 여기저기 발표한 문예지에 있는 것을 하나하나 찾아서 본 시집을 준비한 것으로 안다. 빠진 작품도 물론 있으리라고 본다. 등단한 지가 20년(2004년 등단)이 가까워 오는데 이제 두 번째 작품집이다. 그 사이 자유시집을 출간한 것으로 안다. 사라진 작품들은 사이버

공간에서 어떻게 되었을까? 안타까운 일이다.

그간 쓴 시조 작품을 진작 출간할 수도 있었을 텐데 공직에 있다 보니 마음의 여유가 없었던 것으로 보인다. 교직처럼 방학이 있는 것도 아니고, 근무 시간 외도 급한 환자가 있으면 진료를 봐야 할 때도 있을 테고, 문병도 있고, 보건진료소 진료소장으로서 그 소임에 충실했기에 당국으로부터 신임을 받아 정년 후도 얼마간 그 자리에 유임한 것으로 안다.

표현방식은 다르지만 시는 수필과 더불어 자조문학(自照文學)이라 할 만하다. 곧 나 자신을 비추는 문학이다. 거기엔 작가의 인생, 철학, 직업, 사상, 심상이 드러나기 마련이다. 그래서 작품을 보면 직업을 알 수 있고, 인생관을 알수 있고, 철학관을 바라보며 마음의 자세 심성까지 다가온다. 거기서 평자는 작품을 이해하고 분석하며 서술한다.

본문에 들어가기 전, 표제작인 『삶, 꽃으로 피다』를 먼저 감상해 보기로 한다.

가슴에 노을 한 자락
길게 누운 삶의 무늬

아스라한 기억들
들길에 부려놓고

구릿빛
그리움으로
일렁이는 아련함

신열처럼 다가오는
일상의 아픔들이

바람에 스쳐지면
심지 곧은 대궁으로

동여맨
푸른 잎 위에
눈을 뜨는 꽃이어라

한 편의 아름다운 '시예술'이다. 나른한 삶의 무게도 그
리움으로 다가오고 일상의 아픔들도 스치는 바람결에 아
름다운 꽃으로 피어나는 심상(心象)의 시간, 시의 공간이
다. '가슴엔 노을 한 자락이 고운 무늬로 놓여있고, 아스라
한 기억들은 들길에 내려놓고, 노을을 닮은 구릿빛 그리
움이 아지랑이 피어오르듯 일렁이는 평화로운 시간이다.'
　제목도 참 좋다. '삶, 꽃으로 피다' 삶에 대한 이런 긍정
적인 생각이라면 표현 그 자체만도 꽃이 피고, 꽃이 핀 그
의 삶은 행복의 공간이다. 꿈은 이루어지고 인생사 마음

하나, '일체유심조(一切唯心造)이다. 마음 하나에 달려있다. 긍적적인 생각에는 긍정적으로 이루어지고 부정적인 생각에는 부정적으로 이루어진다. 그 마음 하나가 우리의 인생을 좌우한다.

일체 유심조(一切唯心造)는 화엄경(華嚴經)에 나오는 법어(法語)이다. 원효대사가 중국의 당나라에 유학 갈 때 어느 동굴에서 잠을 자다가 목이 말라 어둠 속에서 물을 시원스레 잘 마셨다. 다음 날 깨어보니 자신이 마신 물그릇이 해골이었다. 전날 밤 그렇게 맛있게 먹었던 그 물이 해골에 고인 물이란 것을 알고는 바로 속이 울렁거리고 구역질이 났다. 순간 거기서 원효는 깨달음을 얻은 것이다. 일체유심조(一切唯心造) 곧 모든 것은 마음 하나에 달렸다. 곧 대상(對象)에 있는 것이 아니라 그 대상에 대해 마음을 어떻게 가지느냐에 달렸다는 것이다. 즉, 사람의 행복과 불행이 다 마음의 자세, 그 생각에 달렸다는 것이다.

'신열처럼 다가오는 일상의 아픔들도 결국 꽃으로 피어나니' 그 삶은 곧 꽃이다. 꽃은 아름다움이 있고 향기가 있고 열매가 있고 완성이다. 하여 『삶, 꽃으로 피다』는 시인의 삶 또한 긍정의 삶이고, 아름답고 향기가 있고 열매도 있고, 완성했으니 성공적인 삶, 행복한 삶이다. 직업상 얼마나 힘든 일이 있었겠냐만 일체유심조(一切唯心造)라, 축하한다.

김 시인은 천직으로 부여된 그의 직업에 최선의 소임을 다하였고, 환자들과 그 가족들로부터 찬사와 감사를 받았고, 환자에게 사랑으로 향기를 풍겼고, 성공적인 정년을 맞았으니 좋은 열매를 맺었다. 그 직무를 잘 마무리했으니 성공한 삶, 완성을 이룬 삶이다. 그래서 그 삶은 꽃을 피웠다. 이를 아름다운 '시'로 형상화했으니 이 또한 수작(秀作)이다. 하여 표제(表題)작으로 올렸다.

시는 시인의 마음의 풍경이다. 독자가 시와 만나는 것은 곧 작가와의 만남이다. 시인의 이미지가 그대로 독자에게 다가온다. 그것이 『삶, 꽃으로 피다』이다. 독자의 삶도 꽃으로 피어나기 바란다.

다음에서 전편에 표출된 이미지를 몇 갈래로 나누어 살펴보고자 한다.

1. 의료의 향기로 표출된 시의 세계

우리의 삶은 혼자서 살 수 없는 사회적 동물이다. 우리의 삶은 끊임없이 이어지는 만남의 삶이다. 너와 나 우리의 관계가 그래서 이루어진다. 우리 주위를 둘러싼 모든 존재와의 만남이다. 그러한 존재와의 관계 속에서 특별히 만남이 이어지는 것이 직업과 관련된 만남이다. 그 만남은 삶의 길을 좌우하고 인생관을 좌우하고 그의 철학과 인성과 성정과 사상 곧 인생 전체를 좌우한다. 그래서 직업에 따라 그 성정이 달라지는 것을 볼 수 있다. 이를 직업의식이라고도 한다.

김인자 시인은 보건진료소 진료소장직을 갖고 그 소임을 다한 것으로 안다. 환자를 진료하고, 임종을 지켜보며, 임종을 앞둔 환자를 바라보며 그 심상을 읊은 시작 몇 편을 다음에서 살펴보고자 한다.

불씨 3

한세상 산다는 것
인내의 등불 피워

정갈히 눈을 뜨는
삶이란 이름으로

날마다
세연(世緣)의 끈을
비워내는 초연함

−어느 중풍환자의 삶에 대하여
−제1회 한국시조문학 대상작

한 세상 산다는 게 쉬운 것이 아니기에 불교에서는 고해(苦海)라 했다. 싯다르타 태자는 인간의 삶이 생로병사가 윤회하는 고통으로 이루어져 있음을 자각하고 이를 벗어나기 위해 왕위도 버리고 29세에 출가하였다. 처음에는 다른 수행자의 수행법을 따라하거나 고행을 하였으나 별 의미가 없었다. 이에서 벗어나 태자는 중도(中道)가 긴요함을 깨닫게 되었다. 중도란 고락(苦樂) 양면을 떠난 심신(心身)의 조화를 얻어 어떠한 치우침도 모두 버리는 것이다. 싯다르타는 부다가야의 보리수 밑에서 선정(禪定)을 수행하여 35세에 완전한 깨달음을 성취하고 부처(Buddha, 佛陀)가 되었다. 출가한 지 6년째이다. 석가는 생로병사를 초월했을까?

위 시조 작품은 제1회 한국시조문학 대상작이기도 하다. 김 시인의 수상 소감에 의하면 "살아가는 동안 수많은 일을 겪으면서 오늘의 시간을 보냅니다. 늘 몸과 마음이 아픈 사람들과 동행 하면서 많은 것을 보고 느끼며 가슴에 담아 두고 관조하는 글을 쓰고 싶습니다. 어느 한 시점에서 삶을 덜어내는 느긋함을 침묵의 눈으로 나의 미래를 보는 연습을 해봅니다. 이제, 창밖에 차가운 바람이 깊은 겨울을 재촉하네요. …후략…" 곧 "늘 몸과 마음이 아픈 사람들과 동행 하면서 많은 것을 보고 느끼며 가슴에 담아 두고 관조하는 글을 쓰고 싶습니다."는 말에서 천직으로 생각하는 직업의식이 표출되었다.

그리고 "어느 한 시점에서 삶을 덜어내는 느긋함을 침묵의 눈으로 나의 미래를 보는 연습을 해 봅니다"에서 환자들의 아픔과 임종을 바라보며 누구에게나 피할 수 없이 다가올 자신의 미래를 바라보는 연습을 한다는 느긋함과 초연함을 읽으며 이렇게 달관의 삶으로 가는 과정을 알게 된다. 이러한 '달관의 삶'을 지향하고 살기에 그 어려운 소임을 하였음에도 『삶, 꽃으로 피다』란 표제의 작품이 나왔으리라 본다.

　생로병사(生老病死), 이를 누가 피할 수 있으랴. 부처도 그 길은 피하지 못했다. 아무리 황금이 가득해도 생로병사만은 본인의 몫이지, 누가 대신할 수 없는 것이다. 아무리 의술이 발달하고 본인에게 황금이 옆에 가득해도 수년을 식물인간으로 살아가는 것을 보기도 한다. 그래서 안락사를 법적으로 인정하자는 말이 나오기도 한다. 마지막가는 길이 인생의 대사 중의 대사(大事)이다. 이런 대사를 바라보며 살아가는 삶은 직업에 대한 특별한 사명감이 없으면 못 한다고 생각한다. 필자는 평생을 교직에만 있었기에 그 어려운 인술엔 거리가 멀다.
　나의 부친께서는 교직을 최고로 좋은 직업으로 여기시어 나를 교직으로 인도하셨다. 그때 하신 말씀이다. "검사는 종일 죄인들을 상대하고, 의사는 종일 환자를 상대하고, 교직은 순수한 학생들을 상대하니 최고의 직업이다. 교직으로 가라"고 하셨다. 그렇게 해서 들어선 직업이 나의 교직 생활의 시작이다.
　의료인이야말로 사람의 생명을 다루는 직업이니 의술의

길이 가장 귀하고 어려운 길이라고 생각한다. 그 어려운
길을 잘 수행한 김 시인에게 축하를 보낸다.

절규
−암 환자와 가족

새벽을 가로질러/참깨밭을 일구더니
하루아침 삶을 깨문/덩어리 암이라네
눈물로/죽음의 고통/울부짖던 그 여인

주사기 하나 가득/아픔을 토해내고
치료도 할 수 없는/파괴된 절망만이
혈관 속/넘나드는 암/나비 꿈을 삭이고

서럽게 울어 보챈/어린아이 눈망울에
기적의 불씨 불러/엄마를 살리려는
한 맺힌/영혼의 절규/서성인다 이 아침

−말기 암 환자를 방문하면서

진료하면서 환자를 바라보는 심정을 표출한 작품이다.
가족 못지않게 환자 못지않게 안타깝게 다가오는 시적자
아의 심상이다. 고칠 수 있는 대책도 희망도 없으니 어찌
하랴. 그 최후를 잘 알기에, 죽음의 고통을 울부짖는 그

여인, 한 맺힌 영혼의 절규가 서성이는 아침이다.

첫수에서는 새벽부터 참깨밭을 일구며 어렵게 살아가는 촌부가 병에 걸려 죽음의 고통을 울부짖던 모습을 형상화했고, 둘째 수에서는 더 치료가 불가능한 상태를, 셋째 수에서는 기적의 불씨를 불러서라도 살리려는 영혼의 절규를 읊은 시이다. "서성인다 이 아침" 끝구에서 환자의 고통을 인지하고 또 한 생명의 그림자가 아침부터 다가오는 시적자아의 심경을 읽을 수 있다.

불씨 7

모른다 모르겠다/생각없네 기억없네
불씨 묻은 재처럼/가물 가물 숨고르니
사라진/허망한 기억/시간여행 떠나네

뒤척인 세월만큼/열정을 앞세우고
젊은 시간 불태우며/감싸 안은 아버지
지금은/병실 한 켠에/사그러진 불씨여

한올한올 돌아보니/처연한 안타까움
창밖의 붉은 노을/마주한 옅은 미소
오늘도/힘없는 손짓/어이가라 가거라

－요양병원에서(2017. 5. 28)

요사인 마지막을 예비하는 과정이 요양병원인 듯하다. 얼마 전, 온천에서 50대로 보이는 어떤 아주머니가 하는 말을 듣게 되었다. 옆에 사람들이 들으라는 듯. 자기가 요양병원에서 근무하는데 "요양병원엔 나중에 오시지 마세요"했다. 그러면서 요양병원의 실상을 말했다. 못 갈 곳이 요양병원인 듯했다. 하지만 마지막 가는 곳이 요양병원이라니 이를 어쩌랴. 몇십 년 전만 해도 집에서 편안하게 자식들 임종 보고 집에서 염하고 온 집안 불 켜 놓고 마당에서 밤샘으로 친척들이 교대로 날 밤을 지샜는데⋯ 지금은 거의 아파트 생활이니 마지막은 병원이다.

피할 수 없이 누구에게나 이 세상에 태어났으니 이 세상에서의 자기의 역할을 다하고 마지막엔 거쳐야 하는 과정이 요양병원이다. 생노병사(生老病死) 중 가장 큰 것이 죽음이다. 그래서 대사 중의 대사(大事)이다.

첫수에서는 가물가물한 기억 속에서 숨 고르며 시간여행 떠나는 정황을 형상화했고, 둘째 수에서는 열정을 앞세우고 젊음을 불태우시던 그 모습을 되새기고 지금은 병실 한 켠에서 사그러지는 불씨임을 안타까운 시선으로 바라보는 시적자아의 심정이 표출되었고, 셋째 수에서는 지나온 세월을 더듬으며 다가오는 안쓰러운 마음과 곧 산을 넘어갈 창밖의 노을을 객관적 상관물로 매치시켜 이별을 연습하듯 환자와 시적자아의 시간 여정을 형상화한 작품이다.

삶의 불씨

젊은 시절 갈증은/빈 들로 사라지고
스르르 감빛 사랑/아시나요 어머니
어느 뉘/부르는 소리/다가서는 얼굴들

가슴속 붉은 등불/꺼져가는 병상 위
마비된 오른팔은/깊은 잠에 잠기고
차갑게/떨리는 손에/삶의 숨결 불씨여

–병상에서 중풍으로 마비된 어머니를 보면서

병상에 누운 어머니의 모습을 형상화한 작품이다. 나이 들고 가는 길은 비슷하다. 누구나 부모님의 노후를 보살펴야 되고, 병이 들면 병원으로 모셔야 되고, 차도가 없이 병이 깊어지면 요양병원으로 모시게 되고, 면회를 가야 되고, 날밤을 새우다가 최후를 맞게 된다.

첫째 수에서는 희미해가는 기억의 저편에서 부르는 소리라도 들으시는지 알 수 없는 안타까운 심사를 형상화했고,

둘째 수에서는 가슴 속 붉은 등불은 꺼져가는 병상 위에서 사그러 들고 마비된 팔은 깊은 잠에 잠긴 듯이 움직이지도 아니하고 차갑게 떨리는 손에서 삶의 숨결을 느끼게 하는 불씨로 다가오는 시간을 읊었다. 직업의식이라 본다. 이렇게 극한 상황의 현장을 직시하면서도 시인으로

서의 시상을 펼쳐 한 편의 작품으로 승화시켰으니 독자로 하여금 생의 마지막 과정을 상상하고 간접 체험을 하게도 한다.

평자는 부모님이 다 돌아가셨지만 이러한 상황을 보지 않았고 집에서 조용히 앓다가 노환으로 곱게 가셨기에 나 또한 그러한 상황을 생각하고 기도하는 마음이다. 언젠가는 맞이하게 될 마지막 날을 생각하며 이런저런 생각들을 하게 하는 병상 풍경에 마음이 숙연해지기도 한다.

젊은 독자들은 다가올 부모님의 일로 예비하고 연세가 있으신 독자들은 미래의 자기 모습을 점쳐보며 이 가을 사색의 시간을 가지는 것도 좋다고 본다. 필자의 시모(媤母)께서는 당뇨가 있으셔 인슐린을 맞으시며 일상을 보내셨다. 그러던 어느 날 아침 식사 잘하시고 양치까지 하시고 성경 앞에 두고 기도하는 모습으로 소천하셨다. 믿음이 좋으신 권사님이셨다. 그렇게 돌아가시는 분도 있음에 주위에서는 대복(大福)이라고 말했다. 하지만 자식 된 도리로서는 적어도 1주일 정도는 앓으시고 가시는 것이 좋다고 본다. 갑자기 가시는 것은 너무나 아쉬운 점이 있기 때문이다. 서로가 마지막엔 나눌 대화도 있을 텐데 그것이 젤 아쉬웠다.

10년 전만 해도 인생은 60부터라 했다. 그런데 지금은 자녀들이 늦게 결혼을 해서 인생은 70부터라고 한다. 하긴 100세 시대이니 70도 늦지는 않다. 독자들 누구나 평안하고 아름다운 그 길이길 소망한다.

여정

수십 년 세월지고
길 없는 길 세우며

가파른 돌계단에
무수한 세상일들

이제야
끝나는 시간
기억 속에 미소들

-2019년 퇴직을 준비하면서

2019년도에 퇴직을 준비하면서를 보니 지난 어느 때 김 인자 시인이 한 말이 생각난다. 적절한 후임 대기자가 오지 않아 좀 더 근무한 것으로 안다.

초장에서는 '수십 년 세월지고 길 없는 길 세우며 했으니' 개척자의 심경으로 그 길을 갔음을 알 수 있다. 도시 병원이 아니라 지방의 보건진료소장직을 수행했으니 전임이 잘 닦아 놓은 길도 아니었음을 알 수 있다. 중장에서는 '가파른 돌계단에 무수한 세상일들'이라 하였으니 조금만 경사진 돌계단도 오르기 어려운데 가파른 돌계단을 오르는 듯한 힘겨운 길이었음을 유추할 수 있다. 그래도 김 시

인은 항상 밝은 미소로 환자들을 진료하고 방문자를 맞이
한 것으로 기억한다.

　종장에서는 "이제는 끝나는 시간 기억 속에 미소들"이
라 했으니 평생의 천직에서 모든 임무를 다 마치고 흐뭇
한 미소지으며 떠나는 아름다운 모습은 유종의 미, 그 자
체이다.

　김인자 시인은 언제나 밝고 곱고 자애로운 모습이다. 그
런 모습으로 찾아오는 환자를 반겨 맞이했으니 환자들은
소장님의 모습만 봐도 마음의 평화를 얻으리라고 본다.

　지난 어느 때 성효스님이 필자에게 말했다. '찾아오는
환자분들이 소장님을 모두 좋아한다고… 조금 감기 기운
만 있어도 보건진료소에 와서 감기약을 타 갖고 간다'고
도 했다. 성효스님도 김인자 시인과 함께 필자보다도 먼
저 시진회에 들어온 초창기 멤버이시다. 스님이 계실 때
는 스님도 김 시인과 함께 (사)한국시조문학진흥회(시진회)
행사에 꼭 참석하시어 큰 버팀목이 되었다.

　18년이란 시진회 역사 속에서 이런저런 변화와 출렁이
는 여울물 속에서 초창기 멤버들이 많이 멀어져갔다. 이
사장이 바뀌고 새 집행부가 들어설 때마다 약간의 변화가
있었던 것을 보게 된다. 시진회를 거쳐 지나간 초창기 열
성 회원들은 지금 어디서 어떻게 지나는지 이 시간 궁금
하기도 하다. 시조계에서 이름도 잘 보이지 않으니… 어
디서든 건필하고 모두 잘 지내기를 바란다.

길목에 서서

돌아보니 잊고 산
한해의 끝자락에

바람결 묻어오는
만 갈래 아득한 꿈

못다 한
아쉬운 후회
그 길 위에 서 있네

덧없는 시간들이
거슬러서 흐르고

무심하던 가슴에
발끝으로 서는 하늘

저무는
세월의 눈빛
일어나게 하리라

−퇴직을 앞두고−

퇴직을 앞두고 수십 성상 지나온 발자취를 더듬어 보는 시간이다. 첫수에서는 "돌아보니 잊고 산/한해의 끝자락에//바람결 묻어오는/만 갈래 아득한 꿈//못다 한/아쉬운 후회/그 길 위에 서 있네"라 하여 바쁘게 지난 한 세월과 바람결에 다가오는 지난날의 아득한 꿈이며 그래도 다 이루지 못한 아쉬움을 퇴직의 길 위에서 형상화했다.

둘째 수에서는 "덧없는 시간들이/거슬러서 흐르고//무심하던 가슴에/발끝으로 서는 하늘//저무는//세월의 눈빛/일어나게 하리라"라 하여 '시간들이 거슬러 흐르고,' '발끝으로 서는 하늘' '세월의 눈빛 일어나게 하리라'에서 퇴직이 끝이 아니라 새로운 설계와 각오를 다짐하고 있음을 읽을 수 있다.

요즘은 퇴직 후 직장에서의 경험을 살려 제2의 새 길을 찾아 열심히 사는 분들을 주위에서 많이 본다. 김인자 시인도 그 좋은 의술로서 봉사와 더불어 제2의 인생탑을 얼마든지 쌓을 수 있다. 그래서인지 얼마 전 통화한 적이 있는데 '어찌 된 일인지 직장에 나갈 때보다 더 바쁘다'는 소식을 들었다. 여기저기 초청 강연도 다니고 1주에 두 번 고정적으로 나가는 곳도 있는 듯했다. 그리고 남편이 하는 농장도 좀 도와야 하고… 직장 다닐 때보다 더 바쁘다는 말도 이해가 갔다.

시인의 말에서 김 시인은 다음과 같이 자서를 올렸다.

"인생이 바람처럼 지나가면서 나에게 말합니다.

어떠했냐고?
참으로 사랑과 꿈이 있었고,
따스함이, 고통이, 괴로움이, 기쁨이, 희망이 있었고
부러움이, 행복이, 슬픔이, 웃음이, 열정이….
이 모든 것을 다 맛보았다고 말합니다.

힘들고 어려웠지만 그래도 잘 살아왔고,
감사와 행복만이 곁에 있길 바라면서
내가 하는 일에 늘 옆에서 용기를 주던 남편과
이 시조집을 함께 하고 싶습니다."라고.

'삶, 꽃으로 피다.'

2. 농막, 자연친화적인 시조

김인자 시인은 대전원 농장 안주인이 되었다. 부군(夫君)
이 임야를 사서 개간한 천국 같은 곳에서 자연을 즐기고
있다. 병천 도원리 전원 농장은 농대 출신인 부군(夫君)이
직장을 퇴임하고 그가 평생 꿈꿔 왔던 그 꿈을 이룬 꿈의

전원(田園) 동산(東山)이다. 그래서 시조 편편이 농막에서의 정서가 표출된 작품을 만나게 된다. 이에 몇 작품을 감상해 보자.

서정원

너른 뜨락 봄볕은
푸른 잎 포릇하고

바빠진 봄바람에
간절한 꽃망울들

향기에
지나가는 구름
잠시 마음 설레네

 −병천 도원리 농막에서

만물이 소생하는 봄날이다.
넓고 넓은 뜨락에는 봄볕이 화사하게 푸른 잎에 내려앉고 봄바람에 꽃망울이 움트고 꽃향기에 지나가는 구름에도 시인은 마음이 설렌다. 평화로운 봄 뜨락 전경이고 정감이다. 봄이 오면 아파트 발코니에 몇 개의 봄꽃 화분만 갖다 두어도 봄기운에 마음은 풍선인데 널찍한 농막 뜨락

에 핀 정원에서의 봄맞이는 하늘과 구름과 봄바람과의 만
남에 마음은 구름을 타고 봄바람 실어 봄 동산을 여행이
라도 하리라. 시인의 현재 공간은 평화와 행복의 공간이
고, 시적 상상의 공간이 나래를 펼친다.

병천 도원리 농막은 5천여 평에서 그 일부 개간한 천국
같은 곳이다. 이곳은 도시 직장인들이 꿈꾸는 전원생활,
퇴임한 부부의 건강 체력장이고 자연과 더불어 온갖 꽃과
건강식을 가꾸며 자연을 즐기는 아름다운 전원생활, 행복
의 공간이다.

가을, 그리고 소우주

바람이 졸고 있는
여닫이 창문가에

잔걸음 오후 햇살
자락을 여미는데

기억의
한 장을 열면
매달리는 그리움

푸르름 한 줌까지
바람을 물들이고

연서로 물든 가슴
노을 속 스며들면

가을은
작은 우주 된
아쉬움을 묻는다

가을 서정 시편이다. 바람도 졸고 있는 나른한 오후 추억의 장이 열리는 고요한 시간이다. 바람은 푸르름으로 물들고 연서로 물든 가슴이 노을 속에 스며들면 하나가 되어 나와 너, 개체와 객체 가을은 작은 우주가 된다. 곧 나는 작은 우주이다. 내가 가을과 함께 우주를 품는다.

시는 시적 대상을 향한 시인의 정서이고 감정이고 마음의 풍경이다. 시인은 시적 대상을 통하여 관조에 의한 상상 속에서 하늘을 품고 구름을 나르고 바람을 부리고 하는 가운데 우주를 거닐 수도 있고 오대양 육대주를 소유한 작은 우주로서의 나를 통하여 대상을 소우주로 상상할 수도 있다. 이것이 시의 세계이고 시인의 특권이기도 하다.

첫수에서는 "바람도 졸고 있는/여닫이 창문가에//잔걸음 오후 햇살/자락을 여미는데//기억의/한 장을 열면/매달리는 그리움"이라 하였으니 바람도 별로 불지 않는 조금은 늦은 오후 여닫이 창문가에 앉아 가을을 감상하며 추억의 장이 그리움으로 다가오는 시간임을 감상할 수 있다.

둘째수에서는 푸르른 젊음은 바람도 물들이고, 연서로 물든 가슴도 황금색 노을에 스며들면 시인의 심상은 풍선처럼 하늘도 날고 우주도 품는다. 그리고 시적자아는 가을이 되고 그 가을은 소우주로 다가온다.

이것이 시의 공간에서 즐기는 상상의 날개이고 시인만이 그 날개를 펼치고 시로 형상화할 수 있는 특권이기도 하다. 그래서 시의 공간에서는 얼마든지 행복도 꿈꿀 수 있다. 이 또한 일체유심조이리라.

칸트에 의하면 시예술에서의 상상의 날개를 펼칠 수 있는 마음의 영역을 '초월적 자유'라고 했다. 곧 시예술은 언어의 감옥에서 이념의 세계로까지 마음의 역역을 넓히고, 언어적 표현의 불충분함에서 언어 너머의 세계를 상상할 수 있도록 초월적인 비약의 경험을 제공해야 한다는 것이다. 그러니 시인은 얼마든지 상상의 날개를 펼치고 시의 세계를 유영할 수 있다.

낙엽

흩어진 가을바람
애절한 울음소리

갈잎은 외면한 채
산마루 품에 안고

바스락

몸을 삭히며

세월 따라 가는 길

애절한 가을의 정서이다. 만물이 소생하고 꽃피는 봄이 희망의 계절이라면 낙엽이 지고 떨어지는 으스스한 가을은 이별의 계절이다. 이별의 계절로 보면 가을은 쓸쓸하고 외롭고 아쉬움이다. 하지만 가을을 결실의 계절, 오곡백과를 거둬들이는 풍요의 계절로 보면 희망이 넘치는 계절이다. 뿐만 아니라 낙엽이 소복이 쌓인 거리를 밟으면 바스락바스락 경쾌한 리듬으로 들리기도 한다. 낙엽이 바람 따라 흩날리는 것도 쓸쓸히 떠나는 나그네를 연상할 수 있는가 하면 똑같은 상황을 보고도 자유롭게 홀연히 여행을 즐기는 행복한 여행자로 볼 수도 있다.

가을바람이 애절한 울음소리로 들리는 낙엽의 정서. 같은 대상을 두고도 보는 이의 심상에 따라 다르게 표출된다. 밤하늘의 달을 보거나 별을 보고도 보는 이의 정서와 기분에 따라 다르게 표현되는 것과도 같다. 어떠한 대상을 바라보고 관조하고 정서를 유발하는 감정은 시인의 기분과 분위기가 그 순간 감정에 따라 다르다. 같은 대상을 두고 같은 시인이 그 정서 감정을 표출함에 있어서도 아침에 다르고 저녁에 다르고 밤에 다르다. 곧 대상을 향한 우리의 정서 감정은 시시각각으로 다르다는 것이다. 낙엽 밟는 소리가 경쾌한 리듬으로 들리는가 하면 그 소리가 애절하

게 들릴 수 도 있다. 이것은 시적 자아의 정서 감정의 차이
이다. 이 외도「오후 풍경」「농막에서」등의 작품이 있다.

3. 수양과 자아실현의 작품

김 시인은 봉곡사 절에 즐겨 다닌 것으로 시편에 나타난
다. 봉곡사 절은 솔숲으로도 유명하다는 절이라 한다. 아
마 김 시인의 근무지하고 가까운 곳이기도 한 것 같다.

김 시인은 해원사에도 잘 다닌 것으로 안다. 해원사는
사진작가이시고 시조시인이시고 시진회 초창기 멤버로 시
진회에 핵심 회원이셨던 성효스님이 주지로 계셨던 절이
다. 2014년에 갑자기 입적하셨다. 그것도 제2대 옥경국
이사장이 운명(殞命)하고 아마 10분 이내에 돌아가신 것
으로 안다. 같은 날 바로 연락을 받았기 때문이다. 그래
서 팔자는 지금도 이렇게 말한다. '그렇게 카리스마 넘치
던 옥 이사장도 수개월 간의 병상에서 몸이 쇠약해지니
마음도 약해져서 혼자 낯선 길을 가기가 어렵고 두렵(?)기
도 해서 평소에 많이 의지하셨던 스님을 찾아가 "스님 같
이 갑시다" 하고 동행했다'고ㅡ. 건강했던 스님이 왜 갑자
기 입적하셨을까? …그날 스님이 아침 식사 후 거실 의자
에 앉아 있는 것을 보고 절에서 일하는 보살님이 볼일 보
고 오니 앉아 있는 자세로 그대로 가셨단다. 건강하신 분
이 왜 갑자기… 그래서 필자는 그렇게 생각한다.

두 번 갔다. 생전 처음 스님 다비식에도 참석했다. 스님도 내 마음을 아시는 듯 두 번째 갔다 돌아오는 길은 마음이 편했다. 지금도 성효스님 얘기를 한다. 참 좋은 분이시다. 종교를 떠나 남편과도 친하게 지나셨고 해원사 절에도 간 적이 있다.

봉곡사 가는 길

비 젖은 수행의 길
솔향만 가득한데

퇴적된 심연으로
감싸 안은 세월은

수백 년
찬란한 시간
비우라네 오욕칠정

−아산시 봉곡사에서

봉곡사 가는 길은 김 시인의 근무지와 가까운 곳으로 자주 가는 산책길인 듯하다. 그 길은 솔향 가득한 수행의 길이고, 세월의 허물을 씻을 수 있는 길이고, 오욕칠정을 비우라는 부처의 가르침을 받는 길이기도 하니 참 좋은 수

양의 길이다. 그 길은 바로 육체적 건강을 위한 산책길이면서도 스스로 느끼며 다가오는 수행의 산책길이니 봉곡사 가는 길은 득도의 길, 자아실현의 길이기도 하다. 하기야 산사가 원래 수행의 길이 아니던가. 부처님 앞에서 두 손 모아 기도하는 수행의 길과 동안거 하안거도 있지만 바랑 하나 메고 나가는 만행(萬行)의 길도 게을리 하지 말라는 법어(法語)도 하니 만행도 수행의 연장이듯 봉곡사 가는 그 길은 김 시인에게는 사색의 길, 수행의 길이기도 하다.

"수백년/ 찬란한 시간 /바우라네 오욕칠정" 이보다 더 무엇을 바라랴.

연밥

살 깊은 인연으로
보듬어 감싸 안고

모서리 마디마디
풀어서 잎 향 맡고

살며시
베어 문 연밥
부처님의 숨소리

연꽃은 아름다운
보살의 공덕 쌓아

중생의 어리석음
자비 놓아 깨우치고

가슴에
깊은 혼 담아
삼천 년의 미소를

–아산시 해원사에서

연꽃은 불교의 상징이기도 하다. 하여 연밥에서도 부처님의 숨소리를 느끼고, 연꽃에서 보살의 공덕과 중생의 어리석음을 깨우치고 가슴에 깊은 혼을 담아 삼천 년의 미소를 짓게 한다니 연꽃을 부처로 동일시한 김 시인의 불심을 읽을 수 있다.

위 작품을 보니 추억으로 다가오는 장면들이 있다. 연꽃차 행사에 참석한 적이 있다. 아마 아산 짚풀 행사였던 것으로 기억한다. 아산 짚풀 행사는 김인자 시인이 아산시의 지원을 받아 한 행사로 그 당시 (사)한국시조문학진흥회와 함께 한 행사인 것으로 기억한다. 아산 짚풀행사 시조백일장에서 필자도 심사위원으로 참여한 기억을 한다. 그때 김준 박사(시조문학을 시진회에서 출판함), 옥경국 이사장, 김영덕, 유권재 편집위원, 이인자 홈페이지 운영자, 그 외 초창기 회원들이 가득 참석했다. 그때 김인자 시인은 시조문학에서 공로패를 받은 것으로 기억한다.

해원사는 성효스님이 주지로 계신 절이다. 스님은 연꽃 전문사진작가였다. 연꽃 사진작가로 유명하다. 유럽과 미국에서도 연꽃사진전을 했고, 국회 의사당에서도 했고, 덕수궁 등 그 외 여러 곳에서 연꽃사진전을 했다. 한국시조문학 2호에 성효스님의 연(蓮) 시조 작품과 함께 연꽃 사진이 실려 있다. 시조 작품 蓮·1, 蓮·2, 蓮·3 이다. 그 가운데 한 작품만 소개해 보면

저만치 세상 걱정 근심을 멀리하고
흐린 하늘 올려다보는 자애의 눈길 속에
진흙탕 오욕칠정도 끌어안는 고운 태

−蓮·3 성효

김인자 시인은 절에 다니며 부처님의 공덕을 기린 작품이 있나 하면 천주교 성지에도 참석하여 순교자를 기린 작품들이 있음을 보게 된다. 「순교자의 노래」, 「찔레꽃 3−성지의 노래」, 「빛을 향해」 등은 순교자들의 성지를 찾아 이들을 기린 노래이다. 아마 직업이 직업인 만큼 종교의 벽을 초월하여 참석한 것으로도 보인다.

빛을 향해
−순교자를 기리며

고요가 부르는 빈 하늘가

새털구름 한 장에 이 땅의 서러움 건져 올려
먼 울음소리 잠재운다

이제 오롯이 이름 모를 한 송이 꽃이 되어
가녀린 손길로 깊은 밤 헤매며
흐르지 않고 존재하지 않는 강물이 되어
넘실대며 올라간다

핏빛 같은 꽃의 눈물은
오직 거두어 줄 한 분을 기다리며
해마다 부활하는 야생화

창백한 눈망울에 눈물 같은 이슬을 달고
저 어둠 속 빛을 향해

걸어간다
걸어간다

걸어간다…

위 시는 성거산 성지 순교자를 위한 야생화 축제에서 낭송한 김 시인의 시이다. 김 시인은 (자유)시집을 출간하기도 했다.

찔레꽃 3-성지의 노래

불러도 대답 없는
차디찬 비석 속에

죽음으로 순종하며
서성인 가시밭길

이승의
아픈 그 자리
피고 지는 야생화

-미리네 성지 다녀오다

차디찬 비석에 새겨진 이름 석 자로 남겨진 이승에서의 그림자. 죽은 자는 말이 없다. 그 앞에서 산자도 말이 없다. 무슨 말을 어떻게 나눌 수 있으랴. 수 없이 들녘에 흩어져 피어나 보잘것없어 보이던 저 야생화의 생명이 피고 지고 피고 지고 외로운 비석을 다독이고 향기를 풍겨주니 무위자연으로서의 야생화가 더욱 귀하게 다가오는 '찔레 꽃 3–성지의 노래'이다.

이 외도 '성거산 성지'에서 읊은 이름 모를 순교자를 기린 「순교자의 노래」 등이 있다.

4. 렌즈에 핀 꽃

김인자 시인은 사진작가이기도 하다. 그래서 일반 시인들에게서는 보기 드문 사진작가로서의 시작(詩作)이 있는 것을 본다. 좋은 경치를 보거나 좋은 곳이 있다 하면 새벽잠을 설치고 현장에 간 작품도 있고 눈 덮인 겨울산을 필름에 담기 위해 추위도 아랑곳하지 않고 겨울산을 찾아나서기도 한다. 진정 이 또한 작가의식이리라. 눈으로도 즐기고 필름에도 담고, 마음으로 다가가 감동하며 시혼을 깨워서 시작(詩作)으로도 형상화하니 '일거양득'이고 즐기는 감동까지 더하면 '일거 4득'이 되니 이 얼마나 좋은가. 다음에서 몇 편 살펴보자.

옥정호수

버선발 곱게 딛고
일렁이는 바람 따라

은은히 풀어내는
운무의 춤사위는

한 자락
잃어버렸던
다가서는 나의 꿈

위 시조 「옥정호수」는 호수에 서린 운무가 바람에 일렁
이는 모습을 미적으로 형상화한 작품이다. 시인의 시작
노트에 의하면 시인은 "섬진강 줄기 인공호수를 렌즈에
담기 위해 밤길을 떠나 새벽에 호수에 도착했다. 희뿌연
이른 새벽, 아지랑이처럼 피어오르는 물안개는 마치 구름
이 춤을 추듯 신선이 노닐 듯한 풍광"으로 시인에게 다가
왔다. 그 광경을 필름에도 담고 그 순간의 감흥을 단시조
한 편으로 표출했으니 일거양득을 한 셈이다. 그러고 보
니 김인자 시인은 사진작가로서도 그 경력이 시조보다 앞
서지 않나 싶다. 『시조문학』에도 『시조춘추』에도 시조와
함께 사진이 앞 사진 면에 올려진 것으로 기억이 난다. 그
동안 잊고 있었었는데…
　본 「옥정호수」는 제2회 육영수문학 수상작이기도 하다.
호수에 서린 운무가 바람에 일렁이는 환상적인 모습을 순
간 포착하여 사진에도 담았고, 그 순간의 감흥을 이보다
더 황홀하게 형상화할 수 있을까 싶다. 은은한 운무의 향

기로 다가오기도 한다. 버선발로 곱게 딛고 풀어내는 운무의 숨사위로 표출한 본 시조는 조지훈의 승무를 연상케 하기도 한다. 그 운무의 춤사위는 잃어버린 젊은 날의 옛 꿈으로 다가오니 감격스러운 순간이기도 하다.

이렇게 시인은 어느 대상에 접하여 감동으로 다가오면 시적 관조의 대상이 되어 상상의 날개를 펼쳐 잠자던 내면 의식도 표출되어 한 편의 작품으로 형상화하기도 한다. 그리고 그 순간은 행복의 공간이 되기도 한다. 그런가 하면 시인은 상상의 날개를 펼쳐 과거도 현재도 미래도 드나들 수 있는 능력의 소유자가 되기도 한다. 이는 시인만의 특권이기도 하다. 아래 두 편의 시조는 '덕유산의 설경'과 '설악산 겨울 이야기'를 형상화한 작품들이다. 시적 자아의 심상으로 찬찬히 감상해 보자.

덕유산 설경

겹겹이 산을 넘어
눈보라 몰아치고
향적봉 쌓여가는
긴 겨울 사연 뒤로
말 없는
저 구상나무
속사정만 쌓인다

주목의 푸른빛과
눈꽃의 웃음소리
녹아든 삭풍 앞에
안식을 꿈꾸는가?
솜이불
곱게 단장한
쑥대머리 겨울 산

–덕유산 설경을 렌즈에 담으며

설악산 겨울 이야기

시간의 문 열고서
어둠을 밟고 선 설악동
윙윙대는 겨울 산야
하얀 그대 눈을 감고
나목에
호젓이 앉아
삶이 마디 여미고

무심한 몸짓 하나
깨우는 푸른 새벽
결빙의 음계를 타고

낯익은 영혼끼리
정갈한
아침을 여는
아름다운 은빛 눈

어제의 아프고
어둡던 숱한 기억
무수히 묻혀있는
들꽃들의 뿌리마다
순연의
선연한 향기
감싸 안은 세월들

−밤새 달려 설악동의 설경을 렌즈에 담으면서
−시조춘추 (2010 상반기호)

위 두 작품은 독자들이 찬찬히 읽으며 각자 시인의 심상
을 느껴보는 것도 자기만의 '시 감상'이 되기도 할 것이다.
사진으로도 담고 시작(詩作)으로도 표출한 시인의 마음으
로 감상해 보기를 권한다.

5. 나오기

시는 시인의 마음의 풍경이다. 독자가 시와 만나는 것은 곧 시인과의 만남이다. 시인의 이미지가 그대로 독자에게 다가온다.

김 시인은 진정 꽃으로 승화된 삶이다. 시인의 고운 모습처럼 아름답고 향기로운 꽃으로 피었다. 자아실현의 자애로운 손길로 천직인 진료소장직을 잘 수행했고, 성공적인 공직생활도 잘 마무리했다.

그래서 그 삶은 꽃을 피웠다. 이를 아름다운 '시'로 형상화했으니 이 또한 수작(秀作)이다.

『삶, 꽃으로 피다』. 독자의 삶도 꽃으로 피어나기 바란다.

인생이 바람처럼 지나가면서 시인에게 말한다.

어떠했냐고?
참으로 사랑과 꿈이 있었고,
따스함이, 고통이, 괴로움이, 기쁨이, 희망이 있었고
부러움이, 행복이, 슬픔이, 웃음이, 열정이, 좌절이…
이 모든 것을 다 맛보았다고 말한다.

힘들고 어려웠지만 그래도 잘 살아왔고,
감사와 행복만이 곁에 있길 바라면서

시인이 하는 일에 늘 옆에서 용기를 주던 남편과
이 시조집을 함께 하고 싶다고 말한다.

여기에 평자가 한 줄을 더 붙인다.
예쁜 애기 남매를 낳은 딸 부부와
현재 영국 대학교 교수로 있는 아들 부부도 함께하기를
바란다고…

삶, 꽃으로 피다

김인자 지음

발 행 처 · 도서출판 청어
발 행 인 · 이영철
영   업 · 이동호
홍   보 · 천성래
기   획 · 남기환
편   집 · 방세화
디 자 인 · 이수빈 | 김영은
제작이사 · 공병한
인   쇄 · 두리터

등   록 · 1999년 5월 3일
(제321-3210000251001999000063호)

1판 1쇄 발행 · 2021년 12월 20일

주소 · 서울특별시 서초구 남부순환로 364길 8-15 동일빌딩 2층
대표전화 · 02-586-0477
팩시밀리 · 0303-0942-0478

홈페이지 · www.chungeobook.com
E-mail · ppi20@hanmail.net
ISBN · 979-11-5860-999-3(03810)